맘고쳐 한의원

맘고쳐 한의원

즐하 글 | 김예슬 그림

봄마중

작가의 말

안녕하세요, 어린이 여러분!

저는 가끔 이런 생각이 들어요.

'난 왜 이렇게 쓸모없지?' 하고요.

어릴 때도 그랬고, 어른이 된 지금도 가끔 그런 기분이 찾아오곤 해요.

그럴 때마다 저는 아주 작은 일에 집중해요.

아침에 이불 정리하기, 책상 정리하기, 방 청소하기, 가방 정리하기처럼 아주 사소하고 작은 일을 하나씩 해내다 보면, "이거 봐! 내가 이렇게 깔끔하게 정리했잖아? 나 꽤 괜찮은데?"라는 생각이 들면서, 쓸모없다는 생각이 뿅! 하고 사라지더라고요.

그때부터였어요.

겉보기엔 쓸모없어 보이는 것에 눈길이 가기 시작했던 게.

어떤 물건이든 '이것도 다른 쓰임이 있을지 몰라' 하고, 쉽게 버리지 못하게 되었죠.

그러던 어느 날, 설거지를 하다가 살짝 깨진 컵이 눈에 들어왔어요. 물컵으로 쓰기엔 입술이 베일까 겁이 났죠. 그래서 다른 쓰임을 생각했어요.

그렇게 물컵은 제 책상 위에서 '차차'로 다시 태어났답니다.

마음을 토닥여 주는 한의사로요!

여러분은 '차차'에게 엄청난 마법의 힘이 있는 것 같나요?

사실은요, 차차의 처방은 우리 모두 할 수 있는 거랍니다. 이불 정리나 방 청소처럼 아주 쉬워요.

"차차 좋아질 거야!"

마법 같은 말 한마디면 된답니다.

이 말은, 슬픔도 토닥토닥, 걱정도 살랑살랑 안아 줄 수 있어요.

친구에게 말해도 좋고, 우리 자신에게 말해도 좋아요!

혹시 지금 속상한 일이 있나요?

마음 아픈 일이 있나요?

자신이 쓸모없게 느껴지나요?

그럴 때 우리 함께 주문을 외쳐 봐요!

"차차 좋아질 거야!"

어때요? 기분이 조금 나아졌나요?

여러분 곁에는 언제나 이 말을 해 줄 한의사 '차차'도 있고, 여러분을 믿고 응원하는 저도 있답니다.

그러니 꼭 기억해 주세요.

정말, 차차 좋아질 거라고요!

 여러분을 언제나 응원하는 작가, 즐하

차례

다고쳐 한의원 ✦ 8

친구 잃은 트라이앵글 ✦ 23

목이 꽉 막힌 연필깎이 ✦ 37

하수구로 떨어진 차차 ✦ 52

꼬부랑 마녀 할머니 ✦ 65

다고쳐 한의원

'다고쳐 한의원'은 동네에서 유명해. 몸이든 마음이든 다 고치는 곳으로. 사람들은 '다고쳐 한의원'을 좋아했어. '다고쳐 한의원'이 있어서 다행이라고 여겼지.

'다고쳐 한의원'이 있어서 좋은 건 물건들도 마찬가지야. 그게 무슨 소리냐고? 아픈 물건들도 '다고쳐 한의원'에서 치료를 받거든. '다고쳐 한의원'이 문을 닫은 밤 12시부터 새벽 5시까지 말이야. 그 시간에는 '맘고쳐 한의원'으로 바뀌지.

자, '맘고쳐 한의원'에는 누가 있는지 볼까? 낮에 일하는 실력 있는 한의사가 밤에도 물건을 고치는 걸까? 그럴 거면 간판의 이름을 바꿀 필요가 없지. 굳이 밤에 열 필요도 없고 말이야.

 '맘고쳐 한의사'를 만나면 아마 깜짝 놀랄걸? 바로 펜 컵이거든! 연필꽂이처럼 펜을 꽂아 두는 컵 말이야. 어쩌다가 펜 컵이 맘고쳐 한의원을 맡게 되었냐고? 지금부터 그 이야기를 들려줄게.

펜 컵의 이름은 '차차'야. 다고쳐 한의원 원장인 한의사가 직접 빚은 컵이지. 한의원을 찾는 환자들의 아픈 곳이 모두 싹 낫고 웃기를 바라는 마음으로, 둥글게 빚은 머그컵에 웃는 표정을 그려 넣었어. 손잡이도 양쪽으로 크게 붙였지. 사람 귀처럼 말이야.

차차는 다고쳐 한의원에서 환자에게 한약이나 차를 건네는 용도로 쓰였어. 그때마다 한의사는 환자들에게 "차차 나아질 거예요"라고 말했지. 차차는 행복했어. 사람들이 자기를 두 손으로 꼭 쥐고 이마에 입을 맞추잖아. 마치 모두에게 사랑받는 기분이었지.

그뿐만이 아니야. 자기도 한의사처럼 좋은 일을 하는 것 같았어. 사람들은 차차 몸에 담긴 한약이나 차를 마시며 웃었고, 건강해졌으니까.

그러던 어느 날, 열심히 일하던 차차의 이마에 홈이 파였어. 이가 빠진 거지. 차차를 씻던 간호사가 그걸 발견했어.

"한의사님, 이 컵 깨졌네요. 버려야겠어요."

"네? 제가 볼게요!"

터벅터벅 한의사의 발소리가 가까워졌어. 차차는 긴장했어. 정말 버려지면 어쩌나 하고 말이야.

한의사는 차차를 자신의 책상에 올려두었어. 그러고는 자주 쓰는 볼펜 하나를 꽂았지. 그때부터 차차는 환자들을 더 가까이에서 보고, 한의사가 치료하는 것도 볼 수 있게 되었어.

하지만 차차가 할 수 있는 일은 없었어. 사람들이 더는 이마에 입을 맞추지도, 차차 덕분에 웃지도 않았으니까.

다행인 건 차차 곁에는 꼭 볼펜 '수다'가 있었다는 거야.

수다는 차차가 외로울 때면 농담을 던지며 차차를 웃게 만들었지. 하지만 재미있는 농담도 하루 이틀이잖아?

"자, 움직이지 말고 그 자리에 앉아서 농담만 하세요."

이런 말을 듣는다면 아마 십 분 만에 지겨울걸? 따분했던 차차와 수다는 상상의 놀이를 시작했어. 차차가 한의사, 수다가 간호사가 되는 한의사 놀이! 원장 한의사가 사람을 고친다면, 차차와 수다는 물건을 고치는 거지.

사람들이 가져온 물건도 아플 수 있잖아. 환자가 들어오면, 차차와 수다는 환자가 들고 온 물건들을 유심히 살폈지.

"어디가 아파서 왔어? 혹시 마음이 아파?"

차차가 물어보면, 물건은 화들짝 놀라 차차를 바라보기 일쑤였어.

"내가 아픈 줄 어떻게 알았어?"

"저요? 저 말인가요?"

보통 이렇게 두 가지 반응이었어. 용한 점쟁이를 보듯 눈을 빛내거나 어리둥절해했지.

환자가 한의사에게 아픈 곳을 얘기하고 치료받는 동안, 차차와 수다는 환자의 물건을 치료했어. 몸을 움직일 수 없으니, 마음을 치료해 주었지. 예를 들면 이런 식이야.

"에구구, 얼굴을 보니, 고민이 가득하네! 자 털어놔 봐. 여기는 어떤 마음이라도 고쳐 주는 맘고쳐 한의원이라고!"

물건들은 차차가 딱히 해 주는 것이 없었는데도 무척 고마워했어. 싹 낳았다는 말도 덧붙였지. 차차와 수다는 그 놀이가 참 좋았어.

그날도 어김없이 둘은 한의사 놀이를 하던 중이었지. 꼬부랑 할머니가 지팡이를 짚고 들어왔어.

"아이고, 허리야. 아이고! 여기가 무엇이든 다 고쳐 준다고 해서 왔시유."

"예, 잘 오셨어요. 허리가 많이 아프세요?"

"내가 젊을 때는 빗자루 타고 우주까지 다녀온 사람인데, 요즘은 걷는 것도 힘드니 원."

꼬부랑 할머니는 연신 허리를 두드렸어. 한의사는 할머니

허리에 침을 놓고 빨간 적외선을 쏘여 주었지.

말동무도 해드렸어. 할머니는 자기가 억만 살이네, 마녀네, 하는 이상한 소리를 했지만 한의사는 껄껄 웃으며 "정말요? 대단하세요!" 하며 맞장구쳤지. 할머니 마음도 금방 해사해졌어.

할머니가 치료를 받는 동안, 할머니의 지팡이는 옆에서 탁탁 소리를 내며 계속 쓰러졌어.

차차와 수다는 뭔가 문제가 있다고 생각했지. 그 지팡이에게 말이야!

"에헴, 지팡이는 불만이 있어 보이는데?"

"지유? 지 말이유?"

지팡이는 화들짝 놀랐어.

"응. 계속 탁탁 쓰러지는 게, 보통 불만이 아니야."

차차의 말에 지팡이는 눈알을 굴렸어.

"불만이 뭘까? 어딘지 모르게 갑갑해 보이는데. 그게 불만인가? 훨훨 날고 싶어 하는 것 같기도 하고?"

"오메오메. 어찌 알았대유? 여기 있는 꼬부랑 마녀가 내 주인인데, 글쎄 이제 나이가 들어서 빗자루도 못 타니 갑갑하고 천불나쥬. 훨훨 날아다니면서 마법의 지팡이로 휘둘릴 때가 그립네유. 그날이 다시 올랑가. 오늘만 해도 나를 바닥에 콩콩 찧으며, 어찌나 못살게 구는지 저 마녀가! 으이구!"

지팡이가 콧김을 푹푹 내뿜었어.

"빗자루 타고 하늘을 훨훨 날아다녔다니, 땅만 짚고 다니는 지금이 얼마나 갑갑할까? 내가 처방을 내려 줄게."

차차가 지팡이의 말에 맞장구를 쳐주고
있는데, 꼬부랑 할머니가 차차 쪽으로 고개를 홱 돌렸어.
"뭐시여? 여긴 컵도 의사여?"

차차는 순간 얼음이 됐어. 지금까지 자기 말을 들은 사람은 없었거든. 심지어 원장 한의사도 말이야.

"어르신, 무슨 말씀이세요?"

다행히 한의사의 말에 할머니는 차차에게서 눈을 돌렸어.

"아, 아녀, 아녀. 내 귀가 어두워 잘못 들은 건가 벼."

하지만 할머니는 의심스러운 눈초리로 차차를 쳐다봤어.

"저 할머니가 어떻게 우리 말을 듣는 거지?"

차차는 수다에게 귓속말을 했어.

"그러게. 아까 지팡이가 말한 게 맞다면, 저 할머니는 진짜 마녀인가 봐."

수다도 차차에게 속삭였지. 둘은 더 이상 지팡이에게 말을 걸면 안 될 것 같았어. 할머니는 알 수 없는 표정으로 차

차를 흘기며 눈썹을 위아래로 씰룩거렸거든. 뭔가를 의심하는 탐정처럼 말이야. 치료가 끝나고 할머니는 조용히 돌아갔어.

그날 밤 12시, 꼬부랑 할머니가 다고쳐 한의원으로 들어왔어. 그러고는 차차와 수다 앞에 딱 섰지.

"아이고, 잘됐다. 너희가 나 대신 해야 할 일이 있어."

"네? 무슨 말씀이세요?"

차차와 수다는 바들바들 떨며 물었어.

"내가 특별한 능력을 줄 테니 물건들을 치료해라! 난 너희가 마음에 쏙 든다!"

"저희는 그냥 한의사 놀이를 한 건데……."

차차의 말이 끝나기도 전에 할머니가 말을 잘랐어.

"시험 한번 해보자꾸나. 밤 12시부터 새벽 5시까지! 너희를 마음껏 움직이게 해 주마. 아까 말한 특별한 능력도 덤으로 주지. 마음을 고쳐 주는 '맘고쳐 한의원'이라고 했나? 그동안 간판도 야광으로 반짝반짝 빛나게 해 주마. 그걸 보고 마음 아픈 물건들이 찾아올 수 있게 말이야! 이 임무를 잘 해내면, 내가 소원을 하나씩 들어주지! 어떤 소원이라도 괜찮아. 난 마녀니까. 낄낄낄. 그러니 온 마음을 다해 치료해! 너희가 했던 놀이를 맘껏 해 보라고!"

"저희가요? 왜요?"

수다가 당돌하게 물었어. 그러자 할머니는 작게 소곤거

렸지.

 "사실 내가 물건들을 고쳐 왔는데 이제는 힘에 부쳐. 특히 마음을 읽는 데는 꽝이야! 너희가 알지는 모르겠지만, 마음씨 착한 마녀는 세상에 없잖니? 마음 아픈 물건은 많은데, 도저히 못 고치겠어! 그러니 부탁하마. 모든 사람이 잠든 밤 12시부터 새벽 5시까지 온 힘을 다해 고쳐 줘. 나 대신! 억만 살 먹은 마녀 살리는 셈 치고!"

 할머니의 말에 수다와 차차는 얼떨결에 고개를 끄덕였어. 그러자 꼬부랑 할머니는 차차와 수다를 향해 지팡이를 흔들었어. 보랏빛 연기가 둘을 감싸 안았지.

 연기가 걷혔을 때, 꼬부랑 할머

니는 감쪽같이 사라진 뒤였어. 그렇게 둘은 팔다리가 생겼고, 자유롭게 움직일 수 있었지. 정말 '맘고쳐 한의원'의 한의사와 간호사가 된 거야.

친구 잃은 트라이앵글

댕댕댕.

밤 12시가 되자, '맘고쳐 한의원'의 간판이 야광으로 번쩍번쩍 빛났어.

얼마 후, 첫 번째 환자가 들어왔지. 완벽한 세모가 되려다 만 것처럼 한쪽 끝이 뚫려 있는 트라이앵글이야. 트라이앵글은 한눈에도 아주 쓸쓸해 보였어. 고개는 푹 숙이고, 발은 질질 끌면서 들어왔거든.

"어서 오세요. 맘고쳐 한의원에 잘 찾아왔수다!"

수다가 트라이앵글을 반겨 주었어. 트라이앵글은 말없이 차차 앞에 앉았어.

"안녕. 난 맘고쳐 한의원의 차차야. 어디가 아파서 왔어?"

"……."

트라이앵글은 눈치만 살필 뿐, 말이 없었어. 눈을 보니 울상이야. 무척 슬픈 일이라도 있는 듯했지.

"혹시, 말하기 힘들어?"

차차의 물음에 트라이앵글은 고개를 끄덕였어.

"그래. 말하기 힘들면 속 시원히 울어도 돼. 울음에도 신비한 힘이 있거든!"

차차는 트라이앵글의 손을 꼭 잡아주었어. 그러자 트라이앵글의 눈에서 닭똥 같은 눈물이 뚝뚝 떨어졌지.

달그락 툭, 달그락 툭.

트라이앵글은 아무 말도 하지 않았는데, 울면서 생긴 감정들이 덩어리가 되어 차차의 몸에 쌓이지 뭐야. 마치 커다

란 사탕을 부수어 컵에 집어넣은 것처럼.

한참을 울고 난 트라이앵글은 고개를 들어 차차를 보았어. 차차는 두 귀를 트라이앵글 쪽으로 모았지. 양쪽에 달린 머그컵 손잡이를 말이야.

"후…… 나는 원래 지구 문방구 5층 악기 칸에 살았어. 거기서 채랑 가장 친했지. 난 원래 조용하고 소리도 못 내는 성격인데, 채 덕분에 매일매일 웃었어. 우리 둘의 치링치링 웃음소리가 악기 칸에 끊이질 않았지. 다른 칸에서 무슨 일인가 하고 구경 올 정도로 우리는 신나게 놀았어. 채가 없는 세상은 생각해 본 적이 없을 정도야. 우리의 우정은 영원히 변치 않을 것 같았어, 영원히! 근데 어느 날, 내 몸이 붕 떠올랐어. 바닥으로 쨍그랑 채가 떨어지는 소리와 함께. 그렇게 우리 둘은 떨어졌고, 나는 멀리 이사 오게 된 거야. 이사 온 곳은 너무 낯설었어. 지구 문방구에서 보던 익숙한 악기가 있는 것도 아니고, 알록달록 장난감 천지였지. 나와 어울릴 만한 친구는 없어 보였어. 나는 입을 꾹 다물었어. 단짝

인 채가 없으면 나는 이대로 쭉 우울하게 살지도 몰라. 웃음을 잃은 채. 우울한 나와 아무도 친구가 되려 하지 않겠지. 다시 지구 문방구로 돌아가 채를 찾고 싶어. 흑흑."

트라이앵글은 손으로 얼굴을 감싸 쥐었어.

"지구 문방구로 가는 길은 알아?"

"아니, 알았다면 벌써 채를 찾아갔겠지. 여기 올 일도 없었을 거야."

트라이앵글은 두 손을 모아 텅 빈 세모 위에 올렸어. 뻥 뚫린 가슴이 유독 시려 보였지.

"그럼 새로운 곳에 적응하는 수밖에 없잖아."

"……."

차차의 말에 트라이앵글은 말이 없었어.

"새로운 건 원래 두렵고 힘들어. 잘할 수 있을까 겁도 나지. 나도 그랬어. 하지만 그건 너만 겪는 일은 아니야. 모두가 한 번씩은 겪지. 그만큼 당연하다는 거야. 그리고 차차 좋아질 거고."

차차는 트라이앵글의 몸을 토닥였어.

"차차?"

"응! 지금은 낯설어서 모든 게 부정적으로 보일 수 있어. 단짝을 잃어서 아무것도 못 할 것처럼 보이지. 웃지도 못 하고 말도 못 하고. 하지만 그거 알아? 네가 지금 나에게 말을 엄청 많이 했다는 거! 그리고 여기는 새로운 곳이라는 거! 나는 너에게 처음 만난, 새로운 사람이라는 거!"

차차의 말에 트라이앵글은 깜짝 놀랐어. 차차의 말이 하나도 틀린 게 없었거든. 새로운 곳, 새롭게 만난 친구들 앞에서는 아무 말도 못 할 것 같았는데, 목소리를 냈잖아!

"내가 정말 말을 했네. 채가 없으면 아무 소리도 못 낼 줄 알았는데……."

"그래. 네 안에는 이미 새로운 친구를 사귈 힘이 있다는 거야. 그 힘을 꺼내기만 하면 돼. 마음을 열고 말이야. 채가 없어서 두려움의 벽을 쌓으면 아무도 네 곁에 다가올 수 없어. 그러니 마음을 열어! 용기를 내!"

차차가 빙그레 웃었어.

"하지만 채가 있을 때처럼 신나지는 않을걸? 치링치링 웃음소리는 영영 못 낼 거라고."

트라이앵글은 다시 고개를 숙였어. 차차는 수다에게 윙크했어. 수다가 주문을 외우며 차차 손으로 풀쩍 뛰어올랐지.

"수다수다 됐수다. 아주아주 길어졌수다!"

수다의 이마에 있는 파랑, 빨강, 검정의 똑딱이가 오르락내리락하더니, 파란색 롱 다리가 불쑥 튀어나왔어.

"단짝인 채가 없으면 못 웃는다고? 과연 그럴까?"

차차는 씨익 웃더니, 수다를 들어 트라이앵글의 세모난 배를 톡톡 건드렸어.

짜랑짜랑, 아름다운 소리가 울려 퍼졌어. 그 소리에 트라이앵글의 입꼬리가 쭉 올라갔어.

"내가 웃었어!"

"거봐! 단짝이 없어도 너는 웃을 수 있고, 새로운 곳에 적응할 수 있어! 단짝을 잃는다는 건 정말 슬픈 일이지만,

어쩔 수 없는 상황도 있잖아. 그럴 때는 눈을 감고 심호흡을 세 번 해! 다른 친구들에게 마음의 문을 활짝 열어. 그리고 먼저 다가가는 거야! 거창할 필요 없어. 그냥 '안녕!' 하고 인사만 해도 돼! 안녕이라고 두 글자를 말할 용기와 노력만 있으면 된다고. 어렵지 않지?"

차차의 말이 끝나자 트라이앵글은 "안녕", "용기", "노력"이라는 말을 연거푸 되풀이했어.

"안녕, 이건 어렵지 않지. 고마워. 덕분에 마음이 편해졌어. 나 이제 새로운 친구와 다양한 웃음소리를 찾아볼래! 치링치링이 아니면 어때. 짜랑짜랑, 찌르르르, 차랑차랑, 뭐든 좋아!"

트라이앵글의 눈이 반짝였어. 차차는 수다에게 외쳤어.

"불안한 마음을 진정시킬 수 있는 핫초코를 부탁해!"

"핫초코 좋수다!"

수다가 약재 서랍으로 뛰어올랐어. 한자가 빼곡히 적힌 약재 서랍은 평소에 한의사가 약을 처방할 때 쓰는 건데,

맨 오른쪽 칸에는 아무것도 쓰여 있지 않았어. 그 서랍은 허브나 차 종류를 보관해 두는 곳이었지. 수다가 핫초코 하나를 꺼내 차차에게 건넸어.

"녹아라 녹아. 마음속 얼음, 용기 에너지로 피어나라!"

차차의 몸이 살짝 뜨더니 제자리에서 빙글빙글 두 바퀴 돌았어. 차차는 아직 적응이 안 돼 비틀거렸지. 트라이앵글이 쏟아낸 감정 덩어리가 아주 무거웠거든. 하지만 차차는 해냈어. 트라이앵글에게서 받아낸 감정 덩어리가 단숨에 녹아 폴폴 김이 났지. 차차는 그 안에 핫초코를 녹였어.

"네가 용기를 낼 수 있게 도와줄게. 수다 간호사, 부탁해!"

수다는 트라이앵글을 들어 올려 차차의

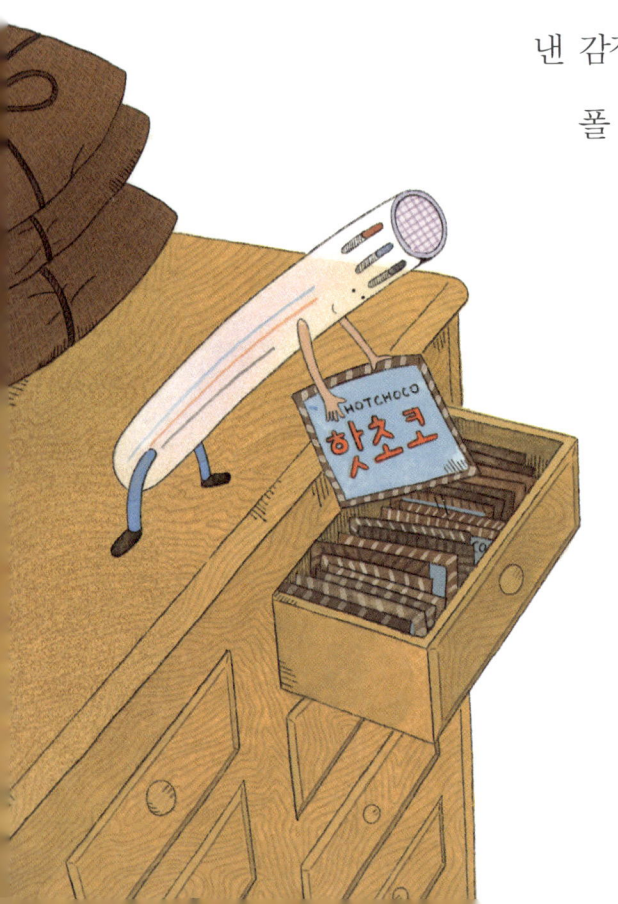

몸, 머그컵 안쪽에 푹 담갔지.

트라이앵글의 눈이 저절로 감겼어. 달달한 초코향에 마음까지 편안해졌거든. 누군가가 마음속을 말끔히 청소해 주는 듯했지.

차차의 몸에서 나던 김이 사그라들자, 트라이앵글은 눈을 떴어.

"어떻게 된 거지? 두려움이 싹 사라졌어. 용기가 불끈 솟아. 지금 당장 새로운 친구들에게 달려가고 싶어! 안녕이라고 외치고 싶어!"

바닥으로 내려온 트라이앵글은 땀을 쭉 닦으며 말했어.

"내 비장의 무기, 마음 스파야. 호호. 마음이 편안해졌다니 다행이야. 새로운 친구를 찾아서 당장 달려가! 새로운 곳에서 새로운 친구를 만나다 보면, 차차 새로운 너를 만나게 될 거야."

차차가 응원했어.

"정말 고마워!"

트라이앵글의 발걸음은 처음 올 때와는 달리 매우 가벼워져 있었어.

"아주아주 잘 됐수다!"

수다는 나가는 문을 열며 큰 소리로 말했어.

목이 꽉 막힌 연필깎이

"수다, 우리 잘하고 있는 거 맞지?"

차차는 책상 끝에 걸터앉아 말했어.

"그럼! 아까 트라이앵글 표정 변하는 거 봤지? 우리한테 고맙다고 세 번 넘게 말했다고!"

수다는 당연하다는 듯이 말하며 차차에게 기댔어.

"그건 마녀가 준 능력 때문이잖아. 마녀가 준 능력이 사라지면 어쩌지? 난 한의사로 사는 게 참 좋은데. 내 마음도 따뜻해지고 말이야."

차차는 달빛을 올려다보며 생각했어.

'마녀가 준 임무를 꼭 완수해서, 이 특별한 능력을 쭉 갖게 해달라는 소원을 빌어야지.'

특별한 능력이 없다면, 깨진 컵에게 누가 관심을 갖겠어? 차르르르 달빛이 소원을 이루어 주기라도 할 것처럼 차차를 감싸안았어.

그때 한의원 문이 열렸어.

"컥컥컥, 히익히익."

누군가 목이 막혀 답답한 소리를 거칠게 뱉어냈지. 네모난 모양에 색은 빨간 연필깎이야.

차차는 고개를 갸웃거렸어. 달려와서 숨이 찬 건지, 목이 막혀서 나는 소리인지 헷갈렸거든.

"나는 맘고쳐 한의원의 차차야. 어디가 아파서 왔어?"

차차는 조심스레 물었어.

"내…… 모꾸…… 컥컥. 목구…… 머엉에 컥컥!"

"천천히 말해 봐. 서두르지 않아도 돼."

차차는 연필깎이가 숨을 내쉬었다 들이쉬었다 할 때마다 등을 토닥였어. 차분해진 연필깎이는 다시 입을 열었지.
"히익히익, 목구멍에…… 심이 걸렸어. 연필심이…… 컥컥 컥컥!"

연필깎이는 기침하듯 컥컥댔어.

"아! 연필심! 그것 때문에 속이 답답해서 왔구나? 수다 간호사, 부탁해!"

차차가 수다에게 말했어.

"수다수다 됐수다. 아주아주 길어졌수다!"

타라라라락, 수다의 이마에 달린 파랑, 빨강, 검정 삼색 똑딱이가 오르락내리락했어. 그러더니 수다가 검은색 롱다리를 쭉 뽑아냈지. 끝이 송곳처럼 뾰족했어. 어디든 쏙쏙 들어가 뚫을 수 있게 보였지.

"아, 해 봐."

차차는 수다를 잡고 연필깎이의 목구멍을 들여다보았어.

"찾았다! 이거구나!"

차차는 연필심을 꺼냈어.

"꺼어어억!"

연필심이 튀어나오며 연필깎이가 트림했지. 아주 시원하게 말이야. 그러면서 자기 안에서 나온 소리에 놀란 듯 입을 오므렸어.

"자, 답답했던 목구멍이 시원하게 뚫렸지? 한번 시험해 볼까?"

차차가 수다에게 긴 것을 달라는 듯이 두 손을 모았다가 옆으로 길게 펼쳤어. 수다는 고개를 끄덕이더니 약재 서랍으로 올라가 안을 뒤졌지. 거기에서 긴 막대 과자를 꺼내 차차에게 건넸어. 차차는 막대 과자를 연필깎이의 입에 넣고 돌려봤어. 무리 없이 잘 돌아갔고, 연필깎이도 아파하는 것 같지 않았지.

"치료 끝!"

차차는 막대 과자를 옆에 내려놓으며 외쳤어.

"응…… 고마워…… 난 돌리야, 크헉."

연필깎이는 말을 하면서 연필 가루를 풀풀 날렸어.

"돌리, 목소리를 들으니 아직 속이 답답한 것 같은데? 어디 보자."

차차는 연필 가루가 날리는 곳을 찾아냈어. 돌리가 답답했을 만해. 연필깎이 통이 연필 가루로 꽉 차 있었거든. 그것도 분홍색 연필 가루로 가득했지. 마치 하나의 연필만 계속 깎았던 것처럼.

"이야, 뭘 이렇게 꾹꾹 눌러 담아 놓은 거야?"

차차가 물었어.

"그게……."

차차의 물음에 돌리는 한숨을 쉬었지. 울지 않으려는 듯 입술에 힘을 주었어. 입을 여는 데는 시간이 필요해 보였지. 그 사이 차차는 연필깎이 통을 비워냈어.

"……나한텐 아주 멋진 친구가 있어. 이름도 스타야. 그 친구는 이름만큼 반짝반짝 빛나."

돌리는 이야기를 시작했어. 차차는 두 귀를 기울였지.

롱다리를 닦던 수다도 얼른 정리를 마치고 차차 옆에 섰어. 어느새 롱다리는 들어가고, 삼색 똑딱이도 가지런히 놓였어.

"종이 위에서 발레하는 스타를 보는 게 내 기쁨이었어. 늘 응원했고, 종이 위에서 더 잘 미끄러질 수 있도록 도왔어. 누구보다 먼저, 늘 뾰족하게 다듬어 줬지. 온 마음을 다해서."

친구 얘기를 하는 돌리의 눈이 은하수처럼 반짝였어. 그러더니 갑자기 눈빛이 변했어. 화가 난 사람처럼 눈꼬리가 위로 삐죽 솟았지.

"그런데, 스타가 변했어! 유명해지고부터! 색연필, 붓, 크레파스 할 것 없이 스타를 졸졸 따라다녔거든. 이름처럼 아주 인기 스타가 된 거지. 언제는 내 덕분에 발레한다고 고마워하더니, 나밖에 없다더니! 이제는 다른 친구들이랑 노느라 나를 무시하고, 내가 입만 열면 지루한 표정을 지으며 도망간다니까! 너무 속상하고, 스타에게 따지고 싶은데 그게 잘 안 돼. 속으로만 꾹꾹 눌러 담았더니 이렇게 펑! 아흑흑흑…… 스타의 발을 뾰족하게 다듬다가 너무 화가 나서 그만, 꽉 물어 버렸어. 다시는 발레를 못 하게. 그래서 아까 목

구멍이 막힌 거야. 흑흑…… 내가 잘못한 걸까?"

돌리는 눈물을 펑펑 흘렸어. 연필깎이의 말을 귀담아듣던 차차의 몸에 감정 덩어리가 덜그럭덜그럭 묵직한 소리를 내며 쌓였지.

"어이쿠. 정말 마음에 담아둔 게 많구나."

차차는 엉덩방아를 찧으며 말했어. 감정 덩어리가 너무 무거워서 서 있기 힘들었거든.

"하고 싶은 말은 정말 많은데, 스타 얼굴만 보면 말이 나오지 않아. 내가 소심해서 그래. 결국에는 다 내 탓이야, 흑흑……."

"돌리, 그렇지 않아. 네 탓으로 돌리지 마. 내가 듣기에 스타는 무례한 친구 같아. 너는 친구를 잃고 싶지 않은 마음이 큰 거고. 그래서 계속 표현을 못했던 거야."

차차는 무거워진 몸을 쿵쿵거리며 돌리에게 다가가 토닥였어.

"맞아…… 스타를 잃고 싶지는 않아."

돌리는 코를 훌쩍이며 답했어.

"사실 무례한 친구에게는 네 감정을 솔직하게 말하는 게 좋아. 그래야 그 친구도 네 감정을 알고 조심할 테니까. 무례한 행동인 줄 모르고 하는 경우도 있거든."

"근데, 감정을 솔직하게 말하는 게 어려운 걸 어떡해. 스타만 보면 입에 풀을 바른 것처럼 딱 붙어 버린다니까."

돌리가 두 손으로 입을 막는 시늉을 했어.

차차는 고민했어. 무엇이든 어려운 건 연습해 보는 수밖에 없다는 생각이 들었지.

차차도 처음에 마녀가 특별한 능력을 주었을 때, 굴러도 보고, 콩콩 뛰어도 보고 이렇게 저렇게 연습하는 과정에서 사용법을 알게 되었듯이 말이야.

"감정 표현을 어떻게 연습한담?"

차차는 수다를 보며 혼잣말을 중얼거렸어. 수다도 뾰족한 수는 없었지.

"아!"

차차에게 좋은 생각이 떠올랐어.

"말로 하기 힘들면 써보는 거야! 네 감정을 편지로 써봐. 여기서 중요한 게 있어. 감정을 쓰다 보면 친구를 공격해서 상처를 줄지도 몰라. 너는 이런 점이 별로야. 이런 점은 고쳐. 이렇게 공격하면 친구가 네 감정을 기꺼이 받아들일 수

있을까? 나라도 뾰족뾰족 화가 날 것 같아. 오히려 친구 사이가 멀어질 수 있어. 그러니까 너와 친구 사이에 있었던 상황을 적고, 그때 느낀 네 감정을 쓰는 거야. 그리고 앞으로 어떻게 하면 좋을지 써 주는 거지."

돌리는 어려운지 고개를 갸웃거렸어.

"내가 정리하겠수다! 첫째, 기분 나빴던 상황을 설명한다. 둘째, 감정을 솔직하게 쓴다. 셋째, 친구가 어떻게 하면 좋을지 요구한다. 알겠수까?"

수다가 간단하게 정리했지. 돌리는 그제야 알겠다는 듯 고개를 끄덕였어.

"감정을 쓰다 보면, 언젠가는 말로도 표현할 수 있게 될 거야."

차차는 눈을 반짝이며 응원했어.

"차차, 스타에게 편지를 썼는데도 스타가 바뀌지 않으면 어쩌지? 계속 무례하게 굴면……."

"네가 스타에게 소중한 존재라면, 스타는 바뀔 거야. 혹시나 말했는데도 조심하지 않는다면, 스타와는 거리를 두어야겠지. 돌리, 너는 친구를 잘 돕는 성격이야. 배려심도 많고. 그러니 연필이든 색연필이든 다른 친구들과도 쉽게 친해질 수 있을 거야. 너무 걱정하지 마!"

하수구로 떨어진 차차

차차는 돌리에게 마음 스파를 해 주기 위해 다리에 힘을 주고 일어섰어.

그때 "꺅!" 하고 까만 하늘을 찢을 듯한 비명이 창 밖에서 들리지 뭐야.

차차는 깜짝 놀라 철퍼덕 넘어졌어. 돌리의 감정 덩어리들이 아래로 와르르 쏟아졌지.

차차는 비명 소리가 들렸던 창문을 열었어. 창문은 밖으로 열리게 되어 있었는데, 창문이 열리면서 창문턱에 매달려 있던 손을 치고 말았지.

"살려 줘!"

창문턱을 잡고 있던 손의 주인이 이렇게 외치며 바닥으로 곤두박질쳤어. 차차가 놀라서 아래를 보니 하수구가 있지 뭐야. 여리여리한 분홍 연필이 하수구로 돌진하고 있었어.

순간 고요했던 차차의 마음에 파도가 일었어.

'구해야 돼!'

'아니야, 이대로 뛰어들었다가는 내가 와장창 깨질 거야!'

'그래도 구해야 돼! 너는 의사잖아!'

'아무리 의사라도 네가 깨지면 다 끝이야. 이가 나가서 제 역할도 못하고 쫓겨났는데, 깨지면 어디로 쫓겨날 것 같아? 상상도 하기 싫어!'

두 가지 마음이 차차의 심장에서 요동쳤어. 어느 하나가 삼킬 수 없을 만큼 파도는 높고 거칠었어.

차차는 고개를 떨구고 떨어지는 연필의 눈을 바라보았어. 그 눈빛이 어찌나 간절한지 모른 척할 수가 없었지.

"그래, 난 맘고쳐 한의원의 한의사야! 내 임무는 환자를 치료하는 것, 더 이상 아프지 않게 하는 거야!"

차차는 분홍 연필이 떨어지는 방향으로 몸을 날렸어. 최대한 손을 길게 뻗어 연필을 밀쳐냈지. 하수구에 빠지지 않도록 옆으로 말이야.

분홍 연필은 땅으로 떨어져 또르르르 굴렀고, 차차는 하수구 위로 와장창 소리를 내며 산산조각났어.

"차차!"

놀란 수다가 재빨리 주문을 외웠어.

"수다수다 됐수다. 아주아주 길어졌수다!"

이마에 삼색 똑딱이들이 분주히 움직였지. 수다의 빨간색 다리는 길어지더니 용수철처럼 돌돌 말렸어. 수다는 용수철 다리로 단숨에 바닥으로 뛰어내렸어. 차차가 깨져서 흩어진 곳까지 말이야.

"차차! 안 돼. 정신 차려! 차차!"

수다는 차차의 조각을 안고 엉엉 울었어.

돌리는 뛰어내릴 수 없으니 황급히 달려서 한의원 문으로 빠져나왔지.

"차차, 차차! 어? 스타?"

돌리는 차차를 향해 달리다가 하수구 옆에 떨어진 연필을 발견했어. 그 분홍 연필은 돌리가 말한 스타였어.

"네가 왜?"

돌리는 스타에게 물었어. 스타는 낙엽으로 얼굴을 가렸어. 하지만 이미 들켰는걸.

"스타, 네가 왜 여기 있냐고!"

돌리의 목소리가 커졌어.

"사실은 몰래 너를 따라왔다가 네가 하는 이야기를 듣고 화가 나서 발을 구르다 헛디뎠어……."

스타의 목소리는 기어들어 갔어. 돌리는 그제야 차차가 걱정됐는지 차차 쪽으로 돌아섰지.

"지금은 너랑 얘기할 상황이 아니야. 차차가 위험하다고!"

"차차…… 차차…… 말 좀 해 봐. 어떻게 해…… 제발. 차차를…… 아니, 차차의 몸을…… 찾자! 일단 차차의 조각을 모아 줘!"

수다는 폭포처럼 흐르는 눈물을 닦으며 말했어.

돌리와 수다는 하수구 옆에 차차의 조각을 모았어. 스타도 거들었지. 자기를 구하다 차차가 이렇게 되었으니 말이야. 바닥에 흩어진 조각을 다 모은 셋은 차차를 맞추기 시작했어. 차차의 몸이 퍼즐처럼 맞춰졌지. 근데 다 맞추고 보니 몸통 조각 하나가 부족하지 뭐야.

수다는 다시 용수철 다리를 튕겨, 전봇대 위로 올라가 높은 데서 내려다보았어. 하지만 조각은 보이지 않았지.

"없어…… 보이지 않아……. 안 돼. 차차를 이대로 잃을 수는 없어."

수다는 주문을 외우듯 계속 중얼거렸어. 넋이 나간 표정으로.

"혹시 하수구로 떨어진 게 아닐까?"

스타의 말에 돌리는 하수구에 얼굴을 대고 아래를 살펴

보았어. 낙엽 위로 깨진 조각이 힐끔 보이지 뭐야. 그런데 돌리는 몸이 커서 하수구로 들어갈 수는 없었어. 스타는 연필이니 떨어지면 나오기 힘들 테고 말이야.

"저기, 차차 조각이 하수구 아래에 있어."

돌리는 수다를 올려다보며 말했어. 전봇대 위의 수다는 돌리의 말이 끝나기가 무섭게 내려왔어.

팔을 접어 하수구 칸에 걸치고, 아래로 용수철 다리를 쏙 집어넣었지. 하지만 조각을 들어올리기는 쉽지 않았어.

수다는 몸을 다시 올려 송곳처럼 뾰족하고 긴 검은 다리, 쇠처럼 단단한 파란 다리까지 꺼내보았어. 하지만 어느 하나 차차의 조각을 들어 올리지는 못했지. 가까스로 하수구 벽까지 조각을 밀고 왔지만, 벽을 타고 끌어올리는 것은 쉽지 않았어. 조금 올라왔다 미끄러지고, 올라왔다 미끄러지기를 반복했지.

돌리도, 스타도 애가 탔어. 돌리는 수다까지 힘이 빠져 하수구로 빠지는 건 아닐지 걱정됐어. 그래서 온 힘을 다해 수다의 팔을 잡았지. 스타는 돌리의 다리를 꼭 잡았고 말이야. 그 광경을 보고 지나가던 개미가 콧방귀를 뀌었어.

"별일 다 보겠네. 줄다리기라도 하니?"

개미는 과자 조각을 등에 이고 있었지.

과자를 보자 돌리의 입에서 막대 과자 향이 되살아났어. 아까 차차가 시험 삼아 돌렸던 그 과자 말이야! 돌리는 수다에게 외쳤어.

"내가 방법을 알아낸 것 같아! 조금만 버텨 줘."

돌리는 수다를 놓고 덜그럭거리며 한의원으로 향했어. 스타도 돌리 뒤를 따랐지.

톡 토독 톡 토독, 그때 그들의 머리 위로 빗방울이 떨어졌어. 비 때문에 계단을 오르던 돌리의 발이 계속 미끄러졌지.

돌리가 계속 허우적거리자 스타가 말했어.

"돌리, 내가 빨리 다녀올게. 내가 이래 봬도 발레 여왕이잖아. 네가 다시 나를 뾰족하게 다듬어 준다면, 내가 빨리 가서 네가 원하는 걸 가져올게! 비가 오면 하수구 물이 불어날 거야. 그럼 영영 조각을 찾을 수 없을지도 몰라."

스타의 말에 돌리는 흔들렸어. 스타에게 사과를 받기 전에는 뾰족하게 발을 다듬어 주지 않을 생각이었거든. 하지만 지금은 차차를 구하는 게 먼저잖아.

돌돌돌돌, 돌리는 스타의 발을 뾰족하게 다듬었어.

"한의사 책상 위에 막대 과자

가 있어. 그걸 가져다줘!"

돌리의 말을 듣고, 스타는 뾰족한 발을 굴려 한의원으로 들어갔어. 어찌나 빠른지 후다닥 막대 과자를 들고 나타났지.

돌리는 하수구 중앙에서 막대 과자를 마구 갈아댔어. 과자 가루가 눈처럼 펄펄, 하수구 밑으로 떨어졌어.

스타는 뾰족한 발로 하수구 틈에 널브러져 있던 수다를 콕콕 찔렀어. 그제야 수다는 정신을 차리더니 하수구 위아래를 번갈아 보면서 소리를 꽥꽥 질렀어.

"차차 좀 구해 줘! 누구라도 제발!"

돌리가 뭘 하는지 몰랐던 거지. 돌리는 재빨리 막대 과자를 다 갈고 큰 소리로 외쳤어.

"개미야, 부탁해! 제발 차차의 조각을 되찾아 줘! 이번에는 내가 차차를 도와야 해!"

돌리의 외침이 하늘로, 땅으로 메아리쳤어.

개미들이 땅속에서 빼꼼 얼굴을 내밀었고, 돌리의 입에서 나는 단내를 따라 모여들었어.

바시락바시락 바시락바시락.

개미들은 줄지어 하수구로 내려가더니 차차의 조각을 등에 짊어지고 나타났어. 몇몇은 과자를 수북이 등에 이고, 그 뒤를 따라 나왔지. 개미들은 차차의 조각을 넘겨주고는 유유히 사라졌어.

수다는 차차의 조각을 받아들고 엉엉 울었지. 스타는 정신 차리라며 수다를 콕콕 찔렀어. 그제야 수다는 비어 있던

차차의 부분을 채웠어. 모든 퍼즐이 맞춰졌지. 수다, 돌리, 스타는 차차 앞에 서서 한마음으로 차차를 불렀어.

"차차! 눈을 떠 봐!"

차차는 눈을 뜨는가 싶더니 파르르 떨며 다시 감아 버렸어. 팔다리도 힘없이 축 늘어졌지.

"안 돼! 차차!"

수다는 차차를 꼭 껴안았어. 온기가 느껴지지 않았어. 차차는 아주 차갑게 식어 버렸지 뭐야.

꼬부랑 마녀 할머니

"마녀 할머니! 어디 계세요? 네? 듣고 있다면 나타나 주세요. 제발요!"

수다는 하늘을 보며 외쳤어. 별들이 자기들끼리 수군거리듯이 반짝였어.

그때 꼬리가 긴 별 하나가 팡 터지며 마녀가 나타났어. 꼬부랑 할머니 말이야!

"하암, 누가 나를 찾아? 별들이 따라다니면서 수군거리니 모른 척할 수도 없고. 그래, 무슨 일이지?"

마녀는 기지개를 켜며 물었어.

"마녀 할머니, 저희 임무 제대로 했어요! 아니, 앞으로도 제대로 할게요! 제 소원 좀 미리 들어주세요!"

수다는 마녀의 팔을 잡고 매달렸어. 장난감을 사달라고 조르듯이 말이야.

"무슨 소원이길래 이렇게 급해?"

"차차, 차차가 산산조각 났어요. 환자를 지키겠다며, 그게 자기 임무라며 창밖으로 뛰어들었다고요! 으형형. 그러니 제발, 차차를 살려 주세요. 그게 제 소원이에요."

수다는 닭똥 같은 눈물을 뚝뚝 흘렸어.

마녀는 눈을 땡그랗게 뜨고 차차를 바라봤지.

"이크크, 어쩌다가…… 그래도 내가 제대로 보긴 했구나. 물건 고치는 한의사로 딱이라고 생각했는데, 정말 놀라워. 그래, 내가 임무를 맡겨 이렇게 되었으니 다시 되돌려줘야지. 나는 생명을 빼앗는 나쁜 마녀는 아니니까. 낄낄낄."

마녀는 차차 머리 위로 지팡이를 휘둘렀어.

차차를 감싼 보랏빛 연기는 커졌다 작아졌다 하며 펌프질하는 듯했어. 차차에게 마치 생명을 불어넣는 것처럼 보였지.

연기가 걷히자 눈을 뜬 차차가 나타났어. 마녀는 어느새 사라지고 없었지.

"차차!"

수다는 차차에게 달려가 볼을 비볐어. 돌리와 스타도 서로를 보며 눈물을 흘렸지.

"차차 괜찮아?"

수다가 그렁그렁한 눈으로 물었어.

"응! 나는 괜찮아. 새로 태어난 기분이야. 몸이 아주 가벼워졌어."

차차는 아무렇지 않게 웃어 보였어.

"돌리에게 마음 스파를 못 해 줬네? 어서 한의원으로 돌아가자!"

차차는 아까 넘어지며 책상에 쏟은 돌리의 감정 덩어리를 주워 담았어. 아직 힘이 온전히 돌아오지 않아 몸이 불안하게 흔들렸지. 하지만 주문에는 힘이 넘쳤어.

"녹아라 녹아. 마음속 얼음, 용기 에너지로 피어나라!"

차차의 몸에 쌓였던 감정 덩어리가 녹아 김을 폴폴 냈어. 그 위에 핫초코를 사르륵 뿌렸지.

"핫초코의 달달함은 긍정적인 감정을 불러오지! 오늘의 내 처방이야!"

차차가 돌리를 보고 눈을 찡긋했어. 다른 물건 같으면 차차의 몸으로 쏙 들어가 마음 스파를 했을 텐데 연필깎이는 너무 크잖아?

차차는 돌리 둘레에 녹인 물을 부었어. 연기가 돌리를 둥글게 감싸안았어. 돌리는 자기도 모르게 눈을 감고 마음 스파를 즐겼지. 마음에 끼어 있던 묵은 때가 박박 씻겨나가는 느낌이었어.

돌리 뒤에 숨어 있던 스타도 덩달아 마음 스파를 즐겼지.

돌리의 감정 덩어리를 녹여서일까? 스타에게 돌리의 감정이 고스란히 전해졌어.

스타는 천천히 눈을 뜨고 돌리를 바라보았어.

"돌리, 미안해."

갑작스러운 스타의 사과에 돌리는 어리둥절했어.

"응? 뭐가?"

돌리는 부끄러운지 땅만 내려다봤어.

"사실 나를 갑갑한 상자에서 꺼내 준 것도 너고, 발레를 시작하게 한 것도 너 때문인데 내가 잠시 잊었어. 그 고마움을. 네가 내 발을 부러뜨리고 발레를 하지 못하게 했을 때는 정말 미웠어. 네가 아니어도 잘할 수 있다는 걸 보여 주고 싶었지. 근데 네가 없는 난 아무것도 아니더라. 나 혼자 무슨 짓을 해도 뾰족해질 수가 없었으니까. 내 욕심에 너도 잃고 내 꿈도 잃었다고 생각하니 너무 슬펐어. 근데 아무도 나를 위로하지 않더라고. 내가 뾰족하고 훨훨 날 때는 줄 섰던 친구들이 내가 뭉툭해지니까 눈길도 안 주더라고.

스타의 눈에서 눈물이 흘렀어. 돌리도 같이 울먹였지. 스타는 말을 이었어.

"너라면 어땠을까 생각해 봤어. 너라면 내가 울 때 나를 걱정해 주고, 지켜 주었을 거야. 너는 진심 내 편이었으니까. 그런 너를 몰라보다니. 난 참 바보 같아. 그치? 차차의 말처럼, 다른 연필과 색연필에게도 넌 최고의 친구가 될 거야. 하지만 그 자리를 내주고 싶지 않아. 그래서 지금까지 널 몰라보고 무례하게 대한 내 자신에게 화가 났어. 그러다 아까 그 사고가 난 거고. 이제 네 생각을 좀 더 듣고, 발맞춰가고 싶어."

"스타, 진심이야? 너에게 나는 아무것도 아닌 줄 알았는데…… 나만큼 너도 진심이었구나? 으헝헝!"

돌리와 스타는 서로를 와락 껴안았어. 마치 철과 자석처럼 딱 붙어 떨어질 생각을 안 했지.

차차와 수다는 흐뭇하게 그 둘을 지켜보았어. 마치 해피엔딩인 영화를 보듯이 말이야.

돌리와 스타는 새벽 5시가 되기 전에 서둘러 제자리로 돌아갔어. 차차와 수다도 책상에 걸터앉아 천천히 떠오르는 해를 바라보았지.

"차차! 넌 아무리 봐도 훌륭한 한의사가 확실해! 근데, 앞으로는 그렇게 위험한 행동은 하지 말아 줘. 오늘 내 소원은 다 써 버려서 다시는 못 쓴단 말이야. 알았지?"

수다는 울상을 지으며 말했어.

"알았어! 조심할게! 근데 나, 떨어지는 순간 행복했어. 내가 누군가를 구할 수 있다는 생각에."

차차의 가슴에서 웅크리고 있던 꽃봉오리가 만개하며 팡팡 터졌어. 폭죽이 터지듯이 말이야. 수다는 못 말린다는 듯이 머리를 흔들더니, 차차를 향해 헤벌쭉 웃었어. 그리고 차차의 몸으로 풀쩍 뛰어올랐지.

머그컵에 폭 안긴 펜, 둘은 그렇게 다고쳐 한의원의 불이 켜질 때까지 서로를 꼭 안고 있었어.

아침 9시, 다고쳐 한의원의 불이 켜졌어. 원장 한의사도

가운을 입고 자리에 앉았지.

얼마 지나지 않아 문이 벌컥 열렸어.

"아이코! 어제 모처럼 하늘을 좀 날았더니, 허리가 말썽이네유."

꼬부랑 마녀 할머니였어! 꼬부랑 할머니는 침을 맞으면서 차차와 수다를 향해 윙크를 날렸지.

둘이 잘하고 있다는 뜻이겠지?

맘고쳐 한의원

초판 1쇄 발행 2025. 5. 25

글쓴이 즐하
그린이 김예슬
발행인 이상용 이성훈
발행처 봄마중
출판등록 제2022-000024호
주소 경기도 파주시 회동길 363-15
대표전화 031-955-6031
팩스 031-955-6036
전자우편 bom-majung@naver.com

ISBN 979-11-94728-05-4 73810

값은 뒤표지에 있습니다.
잘못된 책은 구입한 서점에서 바꾸어 드립니다.
본 도서에 대한 문의사항은 이메일을 통해 주십시오.

봄마중은 청아출판사의 청소년·아동 브랜드입니다.